ノックがあった

岡本啓

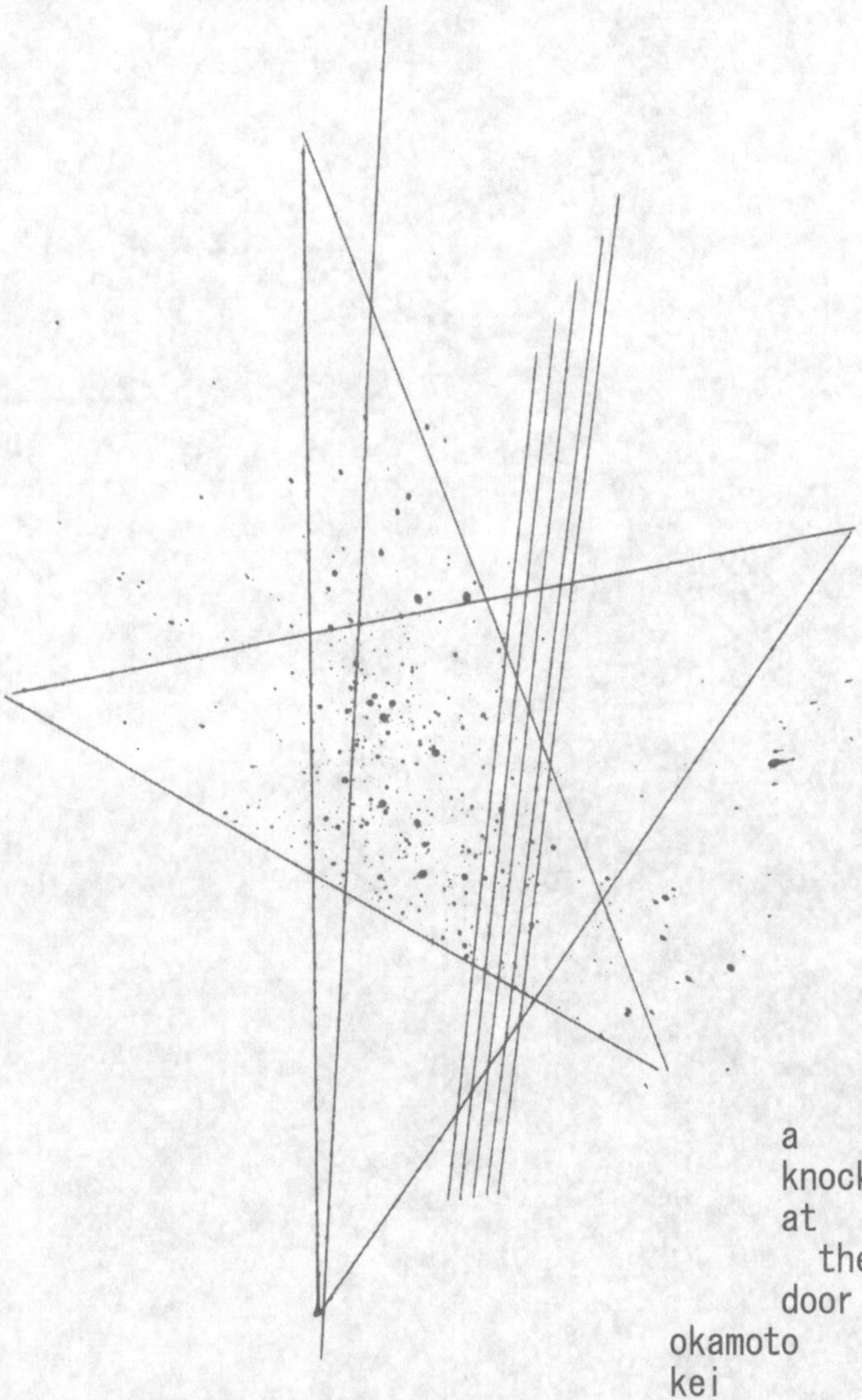

a knock at the door

okamoto kei

河出書房新社

ノックがあった

岡本啓

目次

ブックデザイン
ドローイング　服部一成

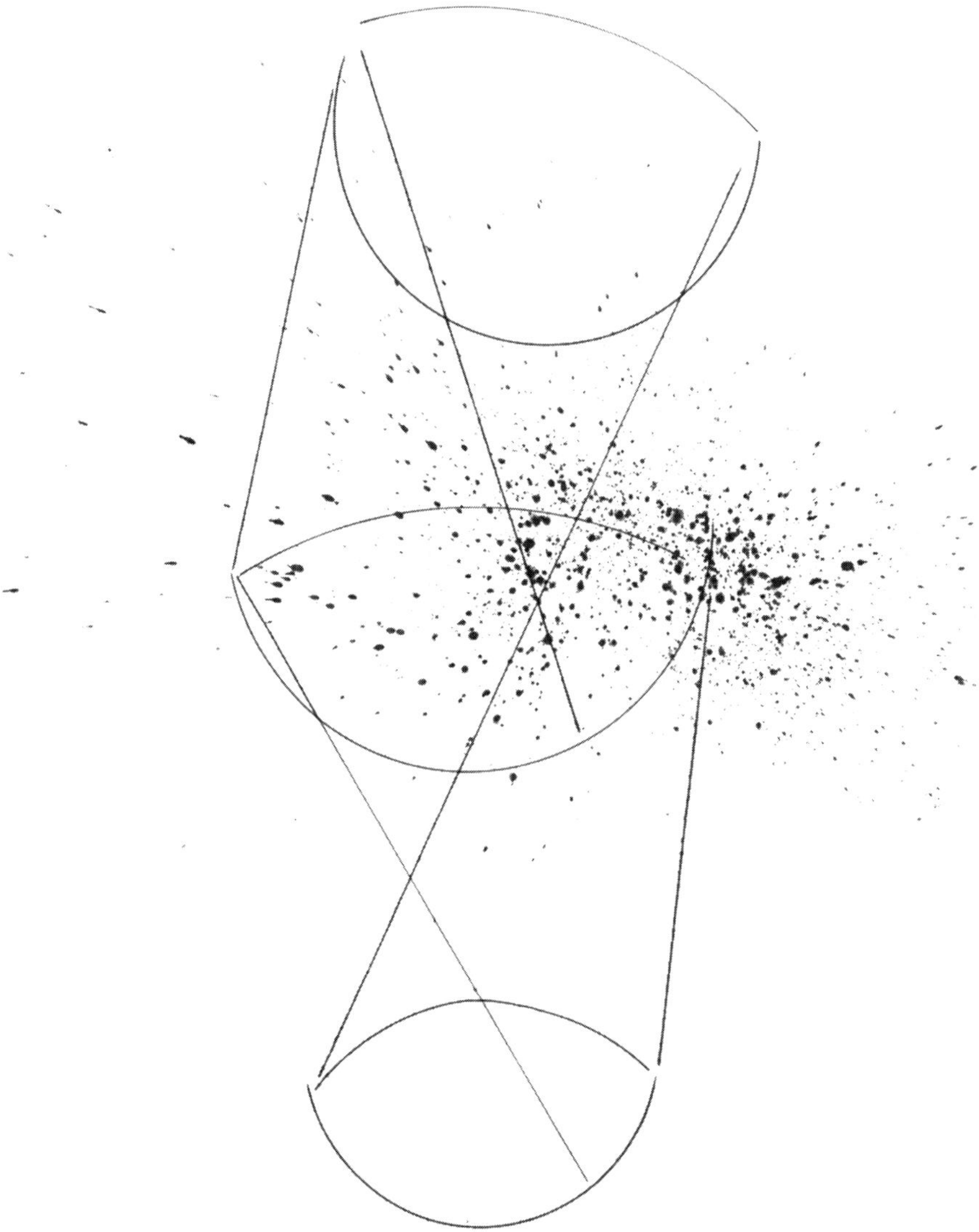

ウィークエンド

咳き込む空のもと
すれすれを
ダウンジャケットに手をつつみ
ちいさく数人
夜明けの三車線を
わたっていく

服をしぼる　かじかむひかり
おはよう、まぶしいな
鼻水を手の甲でこする
老不良《オールドパンクス》

ひとことに大気が
黙って

だれもいない
ダンスフロア
ＤＪブースに日が射しこんでいる
清掃にはいる

ゴム手袋のおじさんひとり
そのようなひとだ

おとこの声を録ろうと
スマホをさぐり、でもやめて
この二、三の会話は、しずかな興奮は
どこからきてどこへ消えるのだろう

赤い目で
寒くて
なにも用意してこなかった
顔を見合わせる

ぼあぼあの耳、頭蓋骨にのこる
フロアの波
むこうの空に
あらわれてくる
なんてことないなみま
嘔吐のあとの澄んだまなこ
ただたんにひとはあり
かたときひとこと空気を彫り
なにかを見上げ
帰路につく
くつひもに
種をくっつけて

なかまが木っ端をひろって
中央分離帯に投げ入れる
すぐそこに
なにがあるのか
ダンプカーが視界をさえぎる
動く雲
瞬間の寄せ書き
おはよう
まぶしいな
ごらん
まってあとすこし

うん
うんいこう

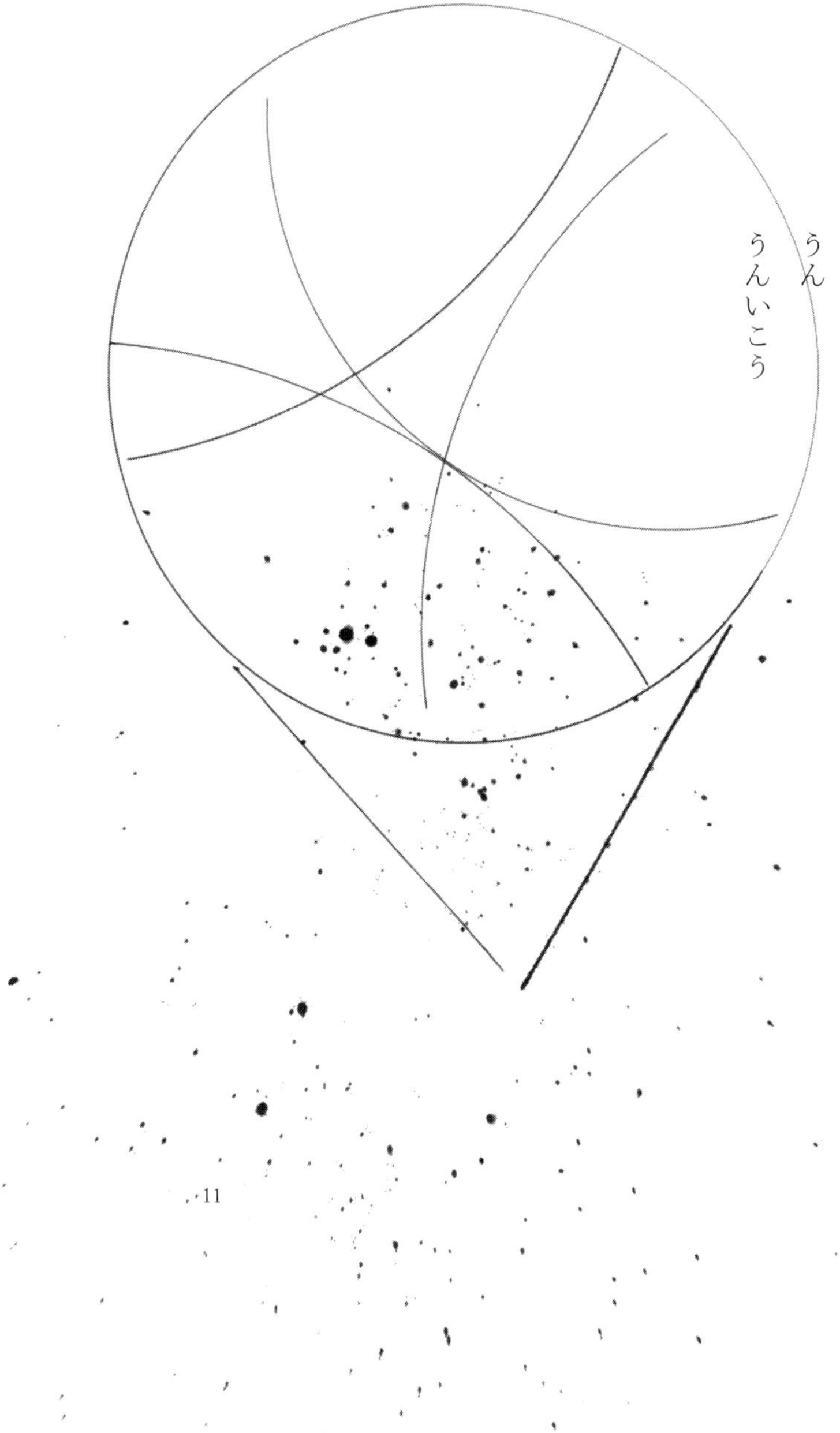

一点の自画像

見上げるともう
半身を乗り出して落下しそうだ

ひらたい一生が
鍵盤のかるさと
単音のみじかさで
窓からこぼれおちようとしていた

だがなにもおきないだろう
クレーターをひとは個々にかかえ
薄暗く小さいのに
地球はもはや大きすぎる

予報どおり
こぼれるもののない
ユーラシアのはずれの青々とした空に
だれだか
返信のない宙ぶらりんの日々が
ゆっくり前後に揺れていた

まぶしさに顔をしかめた
パジャマ姿よ
あかるい表通りよ
ふくれあがった野次馬の
散らばっていく日々を
馬跳びする

友人たち
ヒョウやゼブラ
エントランスにへばりついた
長髪のスケーターにもたれる

丸刈りの娘
あのうつろな瞳は

翌週にはもう
両腕いっぱい紙袋をぶらさげて
フェイクプリントの
もたつくスウェットを
売りさばこうとたくらんでいるか

ただカーテンをひき
動転して
一言も漏らすまいとびくつく

ひとりのフリーク
言葉に襲われ、置手紙を置き
鏡にあらわれた
傷だらけの青い自画像が
だれだかわからず
袋詰めした詩の粉末をとっさに隠し
とおもうと無感動に
口の煙をすい
突如ふきだし、ふるえだし
声、聞こえ、消え、
聞こえ、それから、

明け方、路上に飛び出し
雨上がりの油絵を
おおきな額縁から
一枚はずした

*

不眠の日々は
振りむくと余白だらけで
剝がそうにも
ボロボロのステッカーになって
めくれない丸一年は

過ぎていった

高窓からこぼれる練習音
風をふくんで鳴るポロシャツ
落下しそうな宙ぶらりんの日々に
ふたたびふれようと
ぼくはこころみていた
手をあてる
都営アパート一階通路のめざましい亀裂に
ふたたびふれる

あたりにあるありきたりな凹みを

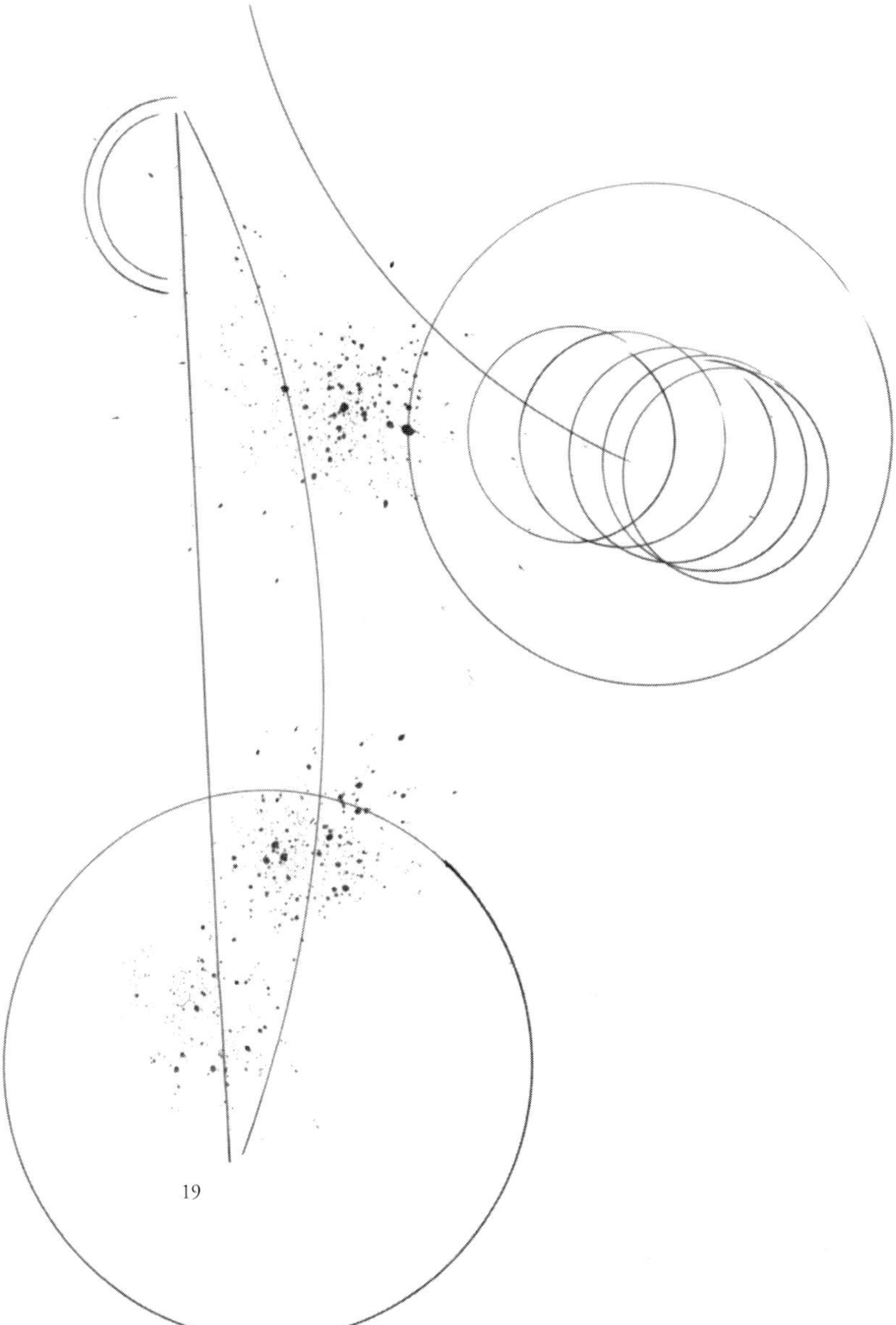

ただ言葉にすることは
それをせかいから引き剝がし
ふれなおすことだ
くまなく自分を点検する言葉から
毎夜逃れられず
ひりつくこのからだもろとも
せかいから引き剝がそうとしてきたから
よくわかる

一一〇番の
回転する赤い光と
けたたましい雨だれに

トイレットロールがあたたまり
目をこらす魂のちょうど半分をなぐさめている
へりのけずれた階段にすわりこみ
脈絡なくつぶやく
帰宅困難な喉声が
改札前に溢れかえり
ふくれあがり
無様に生殖器をぶらさげた
身動きとれない男
だれだったろうか、あれは

冷えきった

この無様な物質の奥底から
ぶっきらぼうに
ふきこぼれるものに目をこらした
決してこぼさぬように
抱えていた声でふたたびふれ
言葉ではこぼれおちていくものに
目をこらした

明け方から、おおきな
油絵を一枚はずした
雨上がりの路上には
しずかにかがやくビルの

額縁があった

＊

日々が
ふりこになり
ふたたび揺れ始める

分厚い雲が
刻々と重ね着をぬぎ
ブルーをといた青山墓地の空に
二重の虹がかかる

昼も夜もどこかからきこえる二重跳びの音が
ようやく消えようとしている
拾い上げた蜂の綻びの
不思議なかるさ
この言葉とははるかに遠いもの
ウォルトホイットマン団地のオバケ騒ぎ

ふらつく鼻先をかすめていった
行先表示の光を追いすがり
緑車庫、とはっする
緑車庫という響きがひろがり
それまであった無辺のなにかが失われた

でも失われるからといって
言葉を彼方へ手放すことはできない

せかいを
とりとめもない言葉でたしかめることは
ヒビだらけの日々を
響きでつかまえ愛することだ
夕日がゆっくりグラウンドを歩測する
その足音がなぜだかわかる
観葉植物を覆う分厚いほこりを
指ですくい
なつかしいあの退屈が

ようやく目の前にある

黄茶けたひとひらの死が
しつこく染みついた老ソファにしずみ
わたしの一隅でいま
電球がまぶしさを思い出そうと明滅している

ツナアボカドサンドにかぶりつく
ねぼけまなこで
ハイの東京
不機嫌なこの時代の曲がり角
丸刈りの娘とでくわして

悪態をつき話しこみ
くったくなく
未来が歯をむきだしにするたびに
きらめく矯正器具
奇跡が
慌ただしく通過していくこの地上の
まばゆい季節のなか
言葉とはむしろ
せかいの手前で立ち止まらせる
額縁だ

だとしても

だれに通じているのか
馬鹿みたいな
この全身がこぼれおちた
ぐしょ濡れの詩は

聞きそびれていたあの詩の感想を
一言
とうとうきみから聞けて
がっくしきて
とうに手のひらからすべりおち
たちまち細かな稲光が液晶全面へ走った
暗雲の目下を握りしめ

モシモシ、だれか
自画像じゃないだれかに
通じているのか
ヒビだらけの顔にわらい声をあげる

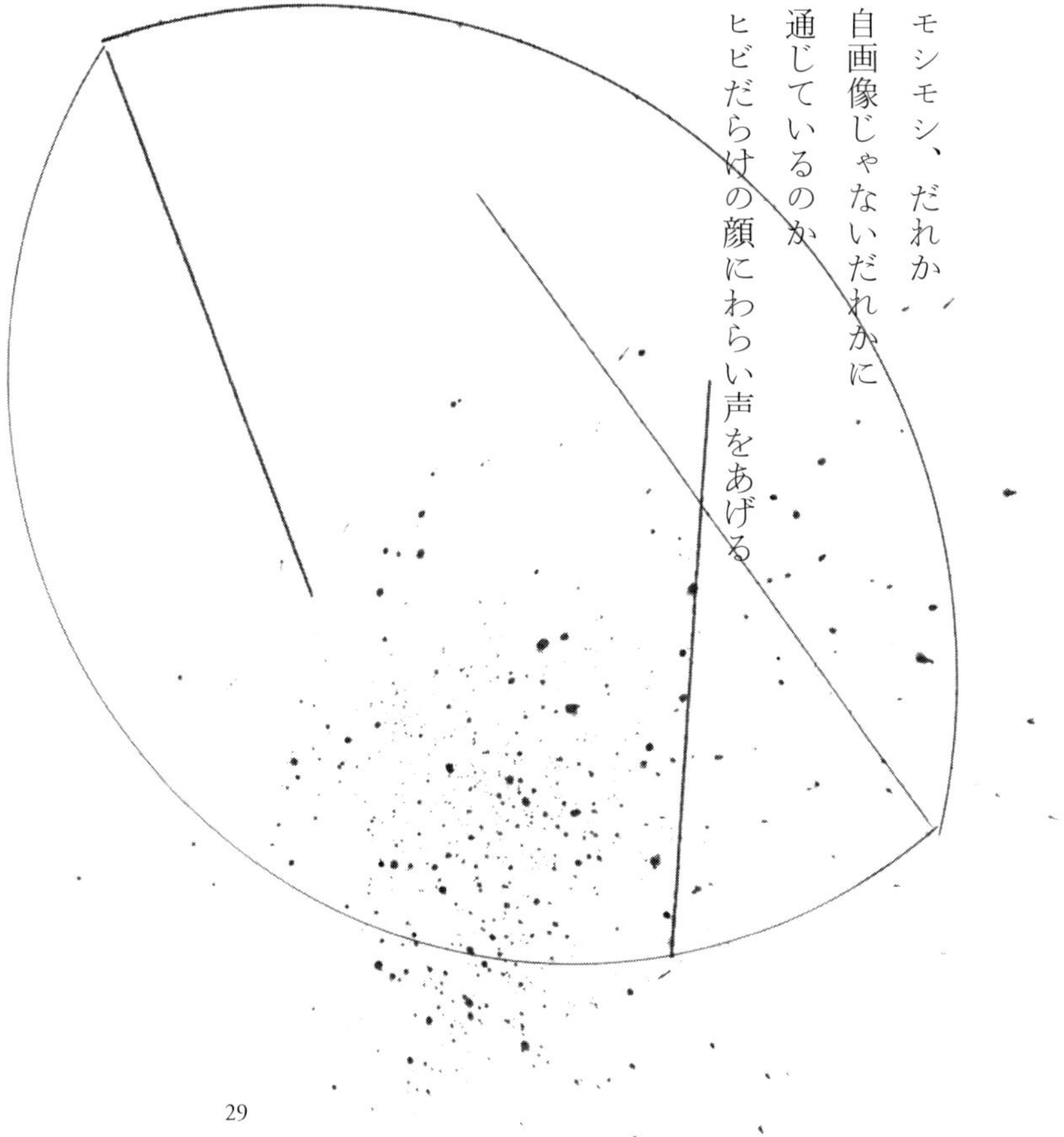

束の間

うめいている雷鳴の目
銃殺
いのちにあいた五つの穴が
乾くまもなく　黒ずみ
印字されたのを知る
それは漫画ページのかたすみ
数行のニュース

その名はやがて
千切れ　遠のいてしまうだろう
けれどひとときかれを流れた午後は
かえることはできない
大通りの名をかえるようには

はおっていた山河を
ひとり　ふるえる大気のはしにかけて
息はひいていく　その　ひえた路面を
ぼくは知っている
ここにぼくはかんたんにいて

愛は肉体を着ていた

ぼくは手紙を書いてまわる
地下の通路という通路に
暗い秘密にたえられないから

知らなかった
死のほとりではじまる
今日というとほうもない時間は
かなしいほどかがやいている

息をのむ

暴動、それからはじめての朝のことだ
痩せこけた祈りがギャラリーのかたすみで窓ガラスを拾い上げ
眩い海へ顔をしかめた
惑星の瞳に塩粒がしみる
号涯、号涯、積もったガラス片をよせる布巾をとめて、人々は
いっせいに彼方で鳴りひびく鍋底をきいた
明け方のすえたコンドーム、その一滴のなかでついに言葉が底

をついた
一秒のなかに海があふれ、不吉がきこえた
こどもが死に、包帯に血が滲んだ、コーヒーポットが沸いた、
レジスターが闇夜、道路予定地へ投げこまれた
新品のナイキを何箱も抱えて、女たちが頭蓋の暗がりに走りさ
った、泡の言葉はあふれ、この混沌の胸底へひとりの男がレン
ズをむけた、毛むくじゃらの透けた腕が、はたと、焼けこげた
路傍へ白い意味を波立つバターナイフでこすりつけた、やって
くる発狂よ
早まれ
「臆病風」がマスクのなかで歌った
だれかがアクリル板を中指でたたいて蜂をとばした

しょげかえるエルマーとりゅう。消失という手品をひきずって、キャリーケースをどこまでも永遠が振動していたと、音節は触れるやいなや砂粒へとくずれていく、あふれる言葉、感嘆によってこの声のたまらない軽さを否定しなくては。
「カナリア諸島」が窓から鍵をなげてよこした
ふとももをなげだして大きな娘がわらった
そして雲が発生する。
額に嵐がふきこみ、だれだろうか、ぼく、ぼくがまくしたてる書きとめる端から、あ、穴があき、な、なのに文字一つほつれていない
落胆にインク、ば、ばかり青々と漏れ、漏れひろがらないようぼ、ぼ、ぼくらはピストバイクにまたがりシ、シー、シーツを

かぶって破滅へくだった
——一晩でショーウィンドウにかわった一帯
王冠の病よ、王冠のウィルスよ、ねむっている怪物の靴下、見
えない洪水がみるみるひいていく、だが、なにがかわったのか
街に人があふれでた、戦争がウクライナからはじまっている
タイムラインのユニコーンが上着のなかでもがいている
まっさかさまにゆすった靴、こぼれていく、音をたてて輝くこ
れがきみには砂粒にしか見えないのか
それそのもの、指をすりぬけていく、一語、一語、
これ以上もう増やすものか
言葉数を、讃美歌を、石を口に含む

百年のリハーサル

緊張
しいで、わたしは、ときみは言う
透明人間だ
消えること　ぼくたちが空気と
なることは　問題では
ない

見とどけること

石を投げ上げてごらん
しわひとつないそらに

空気は
声も視線もさえぎらない

単に待つ、 わかる？ 単に
待つ

ふっ
とう。ふっ
とう、ということ？
いいえ、おもいとびら
百年という
いつもよりもおもいとびら
理由もわからず
とおくにあるものが、わたしにあるって感覚。

憧れ、
やってきてる、そうやって
ふしぎといま

ここにないものが。

単に、待つ
こわばったまま　自分をさわる
頬杖でも、自慰でも　ぎこちなく
ちからない力で
ひとは
なんといびつに
あけはなたれているのだろう

いましがた

グランドピアノが運び去られた教室
ぶつかるように
ぼくらは話し合う
しゃっくりの
とまった蛇が言う　あの出口をごらん

せかいの入口だ
息をきらし
シマウマが来た
毛なみのせいで、かがやいている
みんな　しずかに　して
あけはなった

百年のとびらは
すぐに去ってしまうもので充満しているから

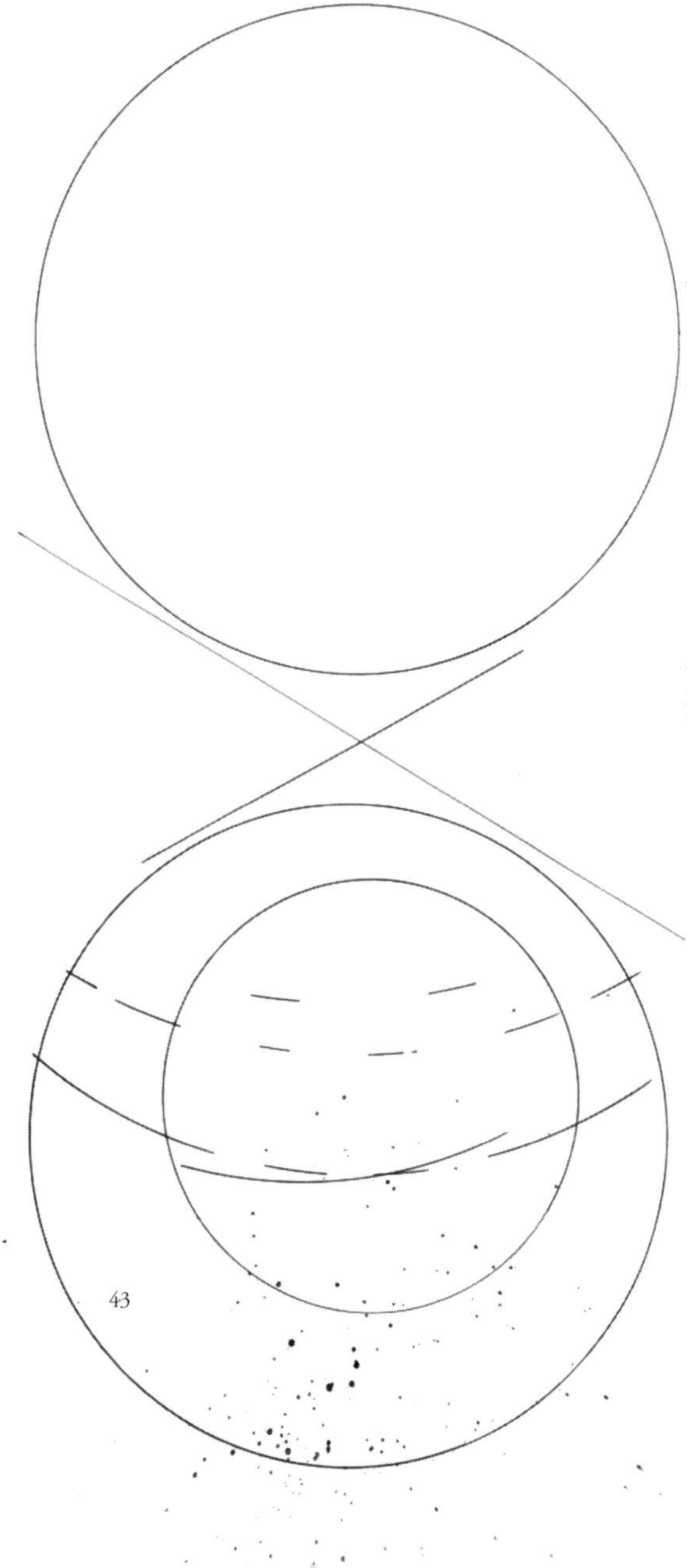

おおけすとら0

——三月のヤンゴンのために

ききとれない
音像　はもん　はじまりから
はぐれてかすむぼくら

ブーバ　キキ
聖なるバンドは
まだ演奏しそうにない

きこえそう　かすか
ゆらぐみなも

はねとぶ泥
白馬がこの数行のたまりに
水を飲みにきている

どこだろう、どこでもドア

はなたれる火炎壜
はるかとおく

なみきみちがもえている

発煙と鎮圧部隊
すぐいくと書く　ともかくと書く
どこにある　どこでもドア
けむりをくぐる
おおなみきくぐる
おおよそたちあがる
すると一メートル七〇センチが、見上げるほど、おおきなきみ
きみは看取る　きこえたか
埃まみれで運ばれていく
助からない青年の目

約束する　聖者にはしない
ちいさな走り書きだけど
ひびきのきれはしへ
こころぼそさを記しておく
ここのほかに地上はない
とつぜんそれを理解した
去りゆくこと、寂しさのふきだまり

ショーウィンドウの
震えるガラス
ブーバ　キキ、
はじまるか

そっぽをむくおおなみきのおおおけすとら
陳列棚から　ジャム壜震え
ピクルス　酢漬け　震え　コトカタ

コト、
ごらんまもなく　鳴りだす、
壜という壜が　ひくく　ひくく口ずさむ
ひびきから　意味のラベルをはがし
ない言語は自家製して
詩爆弾《ポエムボム》、壜詰め暴風、ブーバ　キキ、
無音から

白馬が
ひたした顔をあげる
でも

でも　今朝はしずか
もうずっとしずか　けさはしずか
路上にはもうだれもいません
もうずっとしずか　まだしずか　もう
ずっとしずか　おお　おお　しずか　おお　おお
おお　おお

波に消える

その合図に扉をあけるのは
ぼくではない
にこやかにほほえむそいつは
ぼくではない
ぼくは極彩色の画面に向かい
必死に手淫しているはずだから
ぼくは煉瓦を投げ込む手を止めて

ニュースを聞いている
スプレーで目隠しされた自販機が
重たく街から運びだされるころ
ぼくは目をこすり、また
あくびをして
メルギー諸島を夢に見て
棺桶の重さをどこかへ忘れている
きみはなかまと熱をおび
首脳たちが演じる綱渡りの大団円を
糾弾しているだろうか
それともきみはテラス席で
甘いジュースをすすりながら

広告代理店のしぼった
着色された物語に、また
一、二行、文句をつぶやくだろうか
舞台に紙吹雪が足りなくて
あわてて天井裏の雲にハサミを入れる
なにかにはっと顔をあげて
きみはかけよってくる
肩をたたかれふりむいたそいつは
ぼくではない
薄情な白い月の残っていたあの精神は
露路へと消えてしまう
ついにぼくはだれだかわからなくなる

うちひしがれて
やわらかな空気に埋もれていく

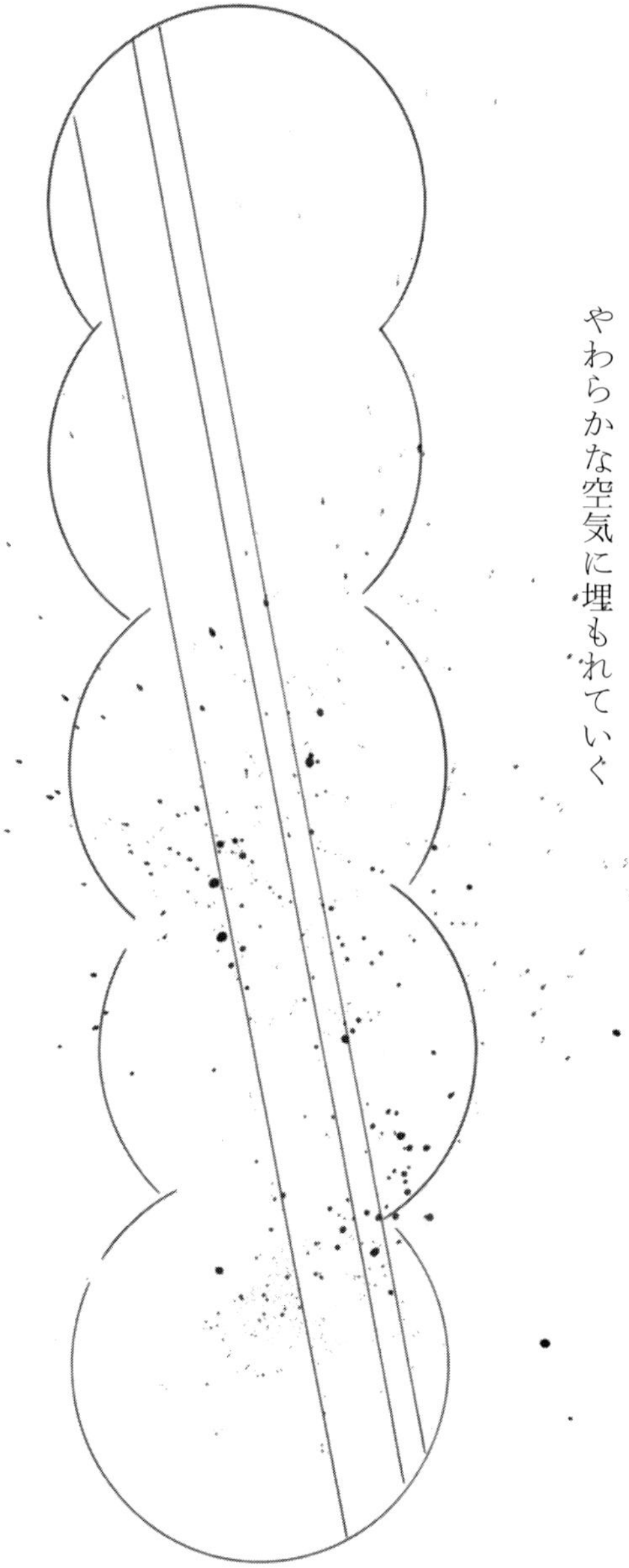

0年

うんと、近く。うんと、強く。うんと、弱く。うんと、退屈。うんと、熱く。うんと、固く。うんと、苦く。うんと、低く。うんと、ゆっくり。うんと、すばやく。うんと、遅く。うんと、大きく。うんと、重たく。うんと、小さく。うんと、酸っぱく。息はある。でも口がない。ふさぐ手はある。でも声がない。車はある。でも動かない。雪はこんなに熱いのに、凍えそうといったのはだれ？　どうしたの？　ズボンだけ、どうして勝手にどっかへ走っていくのだろう。子どもはある。でも顔はない。ぼくはある。でもまなざしはない。恐怖はある。でも亡霊はない。真昼のお化けだ。それとも、単にシーツをかぶった近所の子どもだった。かもしれない。上着を放りあげて、つかむと黒い大型犬になる。小銭をポケットからばら撒くと、ネズミ花火になって跳ねまわる。かもしれない。手紙はメールは全部送り返される。そういうことはおきる。お化けなのだ、ぼくは。でも透けやしない。一向に。一日。丸一日。街角につっ立って、なにしてるの。と思われている。指紋はある。瞳はある。認証はある。カメラはある。空にある。そこらにある。電波はある。でも詩は見つからない。そうだ、詩。ここにないなにかについて書こうとしてた。ぼくには他になにもないから。

そう、詩。そう、だから、もう二度と書きたくなかった。円が重なる。タブーがうまれる。リンゴを齧った。炎がもえた。クレーンが高々と階段を吊りあげている。薄曇りの瞳。

上着をつかんでトビラを出た。みずのまばゆさ、狂犬病だ。外気温は5℃。いつまでたっても出てこない。端から順にノックした。ドアはあかない。ズボンの尻にとどきそうな熱いもの。5分、10分、15分、30分。ノックした。端から順に。5分、10分、15分、30分。あふれだす熱いもの。自分で口をふさいで、さけんでいる。ただ、ただ、ただ。しみ。しみ。ただ。ただ。ただ、みずのまばゆさ。まばゆさを流す。幻を流す。正しさはタダ。投げすてるとトイレットペーパーみたいにやたら無闇に転がっていく。白線はタダ、運動場なら。震えはタダ、神経症なら。氷はタダ、カルキ入りなら。注ぐのはタダ、マイボトルなら。法律はタダ、蹴飛ばさなければ。言葉はタダ、見出しみたいにおおげさだから。気をつけて。一度作ってしまうと壊せないよ。影がついてきている。なにかがきている。お札はどんどん薄くなって、ついに見えなくなった。消えかけた一円玉をてのひらにのせた。放りあげた上着みたいに、四ッ足の黒ずむなにかがついてきている。当然とばかりに。飼い犬のはずだったのに。おびえ、びくつきついてきている。ヴィジョンはタダ、広告を見たから。飛び降りはタダ、躊躇はないから。首吊りはタダ、とうにいないから。ロバはタダ、きみはロバだから、きみはひどく月並みだから。ロバの耳はタダ、ロバはぼくだから。ぼくはオウムだから。オウムはタダ、一羽の家族だから。市民はタダ、匿名だから。沈黙はタダ、波立たないから。歴史はタダ、歯向かわないから。呪いはタダ、太古に染みこんだ歯茎の黄ばみだから。あちこちでおーあくび。未来はタダ、知ったこっちゃ、知ったこっちゃないから。

なにかをつまみあげた。背中にいれた。ちがうちがう、背中へいれられた。東京のゲジゲジ、北京のゲジゲジ、ハノイのゲジゲジ、トビリシのゲジゲジ、思いのほか軽い、空気みたいな二〇一〇年代のゲジゲジ、二〇〇〇年代のゲジゲジ、九〇年代のゲジゲジ、八〇年代のゲジゲジ、重くて軽い、この空気みたいな二〇二三年のゲジゲジ、二〇二四年のゲジゲジ、二〇二五年のゲジゲジ、二〇二七年のゲジゲジ、降りそそぐゲジゲジ、一二〇二七年のゲジゲジ、ピクニックシートのゲジゲジ、ミヤシタパークのゲジゲジ、駒沢公園のゲジゲジ、代々木公園のゲジゲジ、代々木公園はタダ、新宿御苑じゃないから。日比谷公園はタダ、帝国劇場じゃないから。小金井公園はタダ、後楽園じゃないから。井の頭公園はタダ、小石川植物園じゃないから。馬事公苑はどう？　芝公園はどう？　詩はどう？　シロップはどう？　目をそらす、みんな。みんな。ぼくが立っているのはなんて公園だっけ。コップと歯ブラシを両手に握って。

跳ねる油みたいに。水と混じって、手の甲にあたった。跳ねた油。ベッドから落ちた。予言は、あたった。着替えるのも忘れて街に出ていた。どうしたの、まじめ顔で。まあまあ、お茶でも。走り出していた。でもどっちを向いているかわからない。ほおばろうとした途端、バターは地平をすべり落ちていく。まっさかさまに傾いていくトースト。新品の文学というボールに、ぼくの握ったバットはあたらない。外野手はとおく、スパイクでユートピアを描いているところ。神話はタダ、真実じゃないから。世界史はタダ、窓の向こうのことだから。ガソリンはタダ、炎上を眺めているから。空はある。カメラはある。そこらじゅうにある。そういうことはおきる。うんと、退屈で。うんと、酸っぱく。うんと、凡庸で。うんと、ざわめき。うんと、静かに。うんと、重たく。うんと、低く。うんと、近く。うんと、いきなり。まばゆさはタダ。幻はタダ。もはやぼくでない、だけどあなたでもない。そうですか。祈りはタダ。気をつけて。一度作ってしまうと壊せないよ。

一日、尾に喰らいつきながら、山手線は蛇を忘れていた。回りながら自分の速度を忘れていた。ひとびとは大地を忘れていた。離陸していくとき振動の片隅でうとうとかすめるだけだった。国境線のなくなった地表は深くざらついていた。湖や丘や平野が縫い合わされていた。スマートフォンの亀裂。電源を落とす。肩を落とす。瞼を落とす。青空を落とす。青空はいい。幻もいい。罰金もいい。ここはいい。逮捕はいい。裁判もいい。正義もいい。公共はいい。広場はいい。規則もいい。夢もいい。生成もいい。未来もいい。電気自動車もいい。育児休暇もいい。食事はいい。食卓はいい。家族はいい。壁はいい。ドアはいい。地域はいい。握手はいい。対話はいい。停止もいい。再生もいい。30秒もいい。三倍速もいい。みんないいひとになった。青空に、カメラがあって。防犯ベル。防犯ブザー。そういうことはおきる。それはいる。いつのまにか。四ツ足のそれ。一〇〇、一〇〇〇、一〇〇〇〇の鳴り轟くカーブミラーがぼくに見えないそれを映しだしている。たしかにいるのに、まだぼくらには見えないそれ。獰猛な四ツ足。行儀よくすぐとなりで座っている。

(シー)(シー)(シー)。(シー)。きみも。わたしも。あなたも。よく考えた。沈黙を守って。重たい頭で。自分の頭でよく考えたから、一歩前で立ち止まること、それが検閲なのか、思慮深さなのか、もうだれにもわからない。肩をつかまれた。だれひとりいなかった。青空がなにかをたらしていた。頭蓋骨のなか、雪は止んで、火傷しそうな意味が、三つ四つ転がっていた。認証のさき。ずっとだれにもわからない。ずっとぼくはわかったふりをしていた。花の音。ムクドリの無垢。頭部のおもさ。くすぶっている小さな朝が歯に挟まっていた。

あたらしい夜

ぼくたちはいつのまにか
青い音と
湿度のなかにいる
歩き縄跳びで
曇天の
みずたまりをはねたおかっぱの子は
後ろ歩きのまま

どうして
どこまでも帰れるのだろう
各停、渋谷
ひとこきゅうをおいて
急行、渋谷
よる
いつもの
よるになった

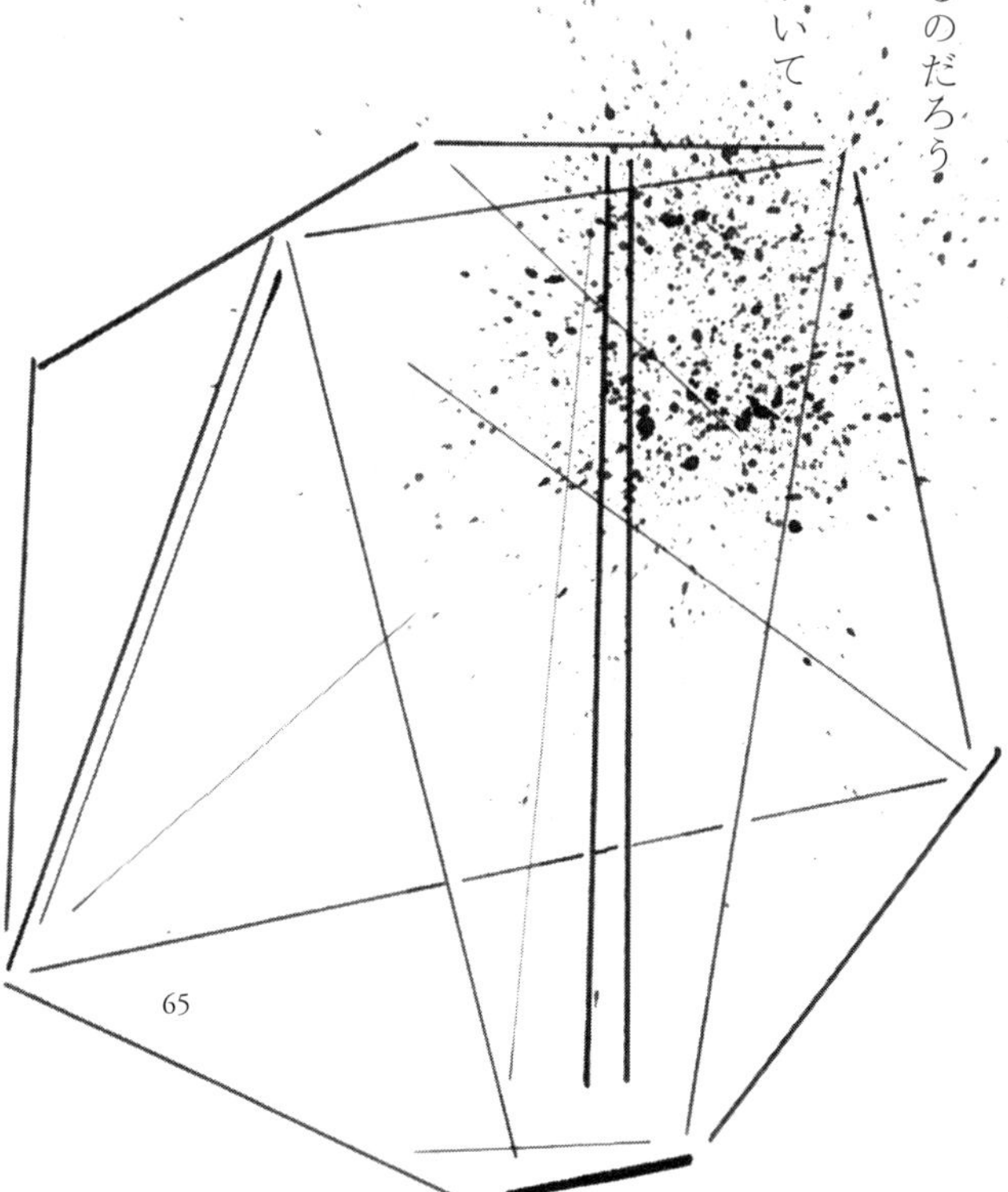

東京、２０２０

うん　なにかが　ある　なにか
とても　あやふやで　それは
ベーグルが　紙袋につくる　脂滲み　それから
すりむいた手の甲が記す　もみくちゃのデモと
警棒の　隙間にもれだす光
書き留めた　これらの硬い筆跡　それが
湿ったスウェードの　スニーカーのなかで　水分をすい

しずかにしみわたって　いくのを　きいているのか
沈みすぎるソファで　きみは
入れ違いばかりのレコードに　こうさんして
やわらかな紙をつまみあげ　丁寧にひろげ　わからなさに濡れた
痕跡を　もう何十分も　みつめている
鍵をたすきがけして　漕ぎ出した　刹那
にわかに　あっ、と激しくなった　雨脚の　音が
とうとう　とぎれたのか
ようやく顔をあげれば　雨後へ動く雲がみえ
当惑する東京がみえ　怒りの反響しない　しずまりかえった
大いなるこの死に場所　みんな　おーい
傘を鳴らそう　おーい　混沌を

火にかけよう　コップから
冷えきったコーヒーを　一口ふくみ　このからだ
いつしか　鼓動が止まり　細胞が死んで
宇宙がしみだしてくる
消えるのでない　きみはおもう
ところで　意味のかすれた　この混沌を
いったいどこに仕舞えば　いいだろう
そんな　難解なことは　おいておいて　ただへんてこりんな
わからないが　たしかにここにある
かわきはじめた紙の起伏　皺がたつ
ことさら美しくもない　一枚きりの水仕事
老いていく　なんでもない物体　たましいという一語

この宇宙大のわからなさ　どうしようか

生命

いったいなぜなのだろう
孤独にあっても　悲しみにあっても
からっぽで　夜通しあたたかくて　皮膚のなかは
ひとりでに再生して息をやめない
もうずいぶんことばが見つからないまま
ふるい水にすえて腐った茎が　ひとすじ瓶の口にそって
重力のほうにかたむいて　あかるみゆくカーテンにゆれた

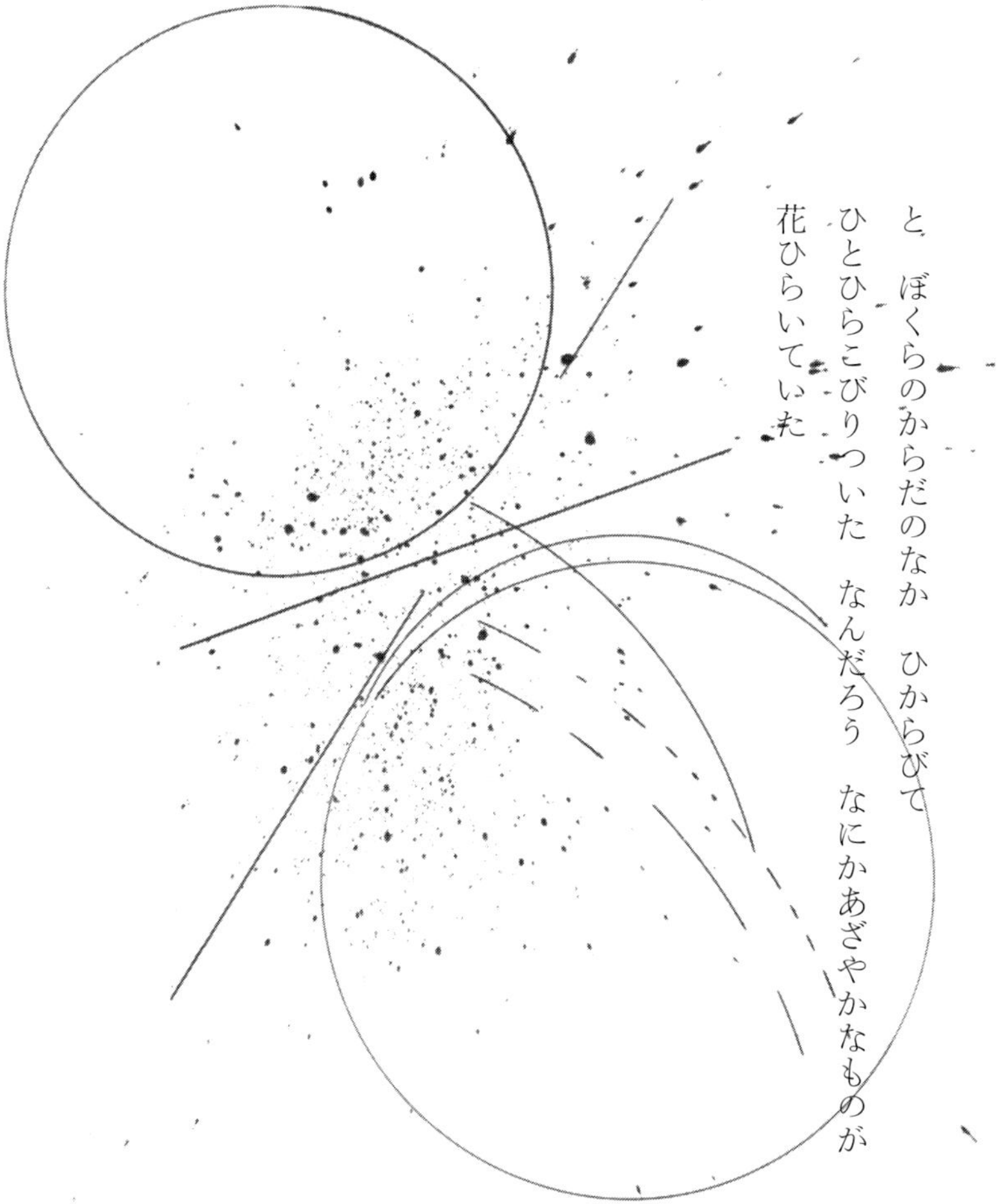

と　ぼくらのからだのなか　ひからびて
ひとひらこびりついた　なんだろう　なにかあざやかなものが
花ひらいていた

オールトの雲

わかった
二度と拭えない
乾かない　付着した泥
風がふいている
がらくたのからだ
影のふきとぶ夏のスキー場　静止するリフトが
はだけた緑の胸底にひろがって

ぼくは転がっていく　からっぽの
虫かごみたいな忘れ物になって
場違いなまま
間延びして、暇で、ひとり草をもいでいるまに
みるみるススキが透け
父さんのあのしずかな姿勢も
書き足す雪で、すこしずつ膨らみ
重たい雪男《サスクワツチ》みたいになって　やがて
また見えなくなって
すこしの毛羽立ち、紙を
透かしてみて、そうか、もう文字もいらないな
どこにいても　どこまできても

この世の果てだ　ただ、ほんとうに
かたときぼくはここにいたのか
言葉が枕になって　いつしかぼくは駅舎に眠っている
からだにある空の虫かごから
捕まえたさいごのイメージを
逃がすとしたら　じゃあ　しつもん
なにに見えるかな
ひるがえる馬　光る一頭が　昼も夜も
足早だったひとりの友人を乗せて
幾度となく　まぶたのなかの地平線へ
前傾姿勢で去っていく
足早で　ズボンに泥が跳ねるように

瞳孔には泥がこびりついている
けむりになっていくたくさんの知らないからだを
風がはこんでいく
まばたき、痛み　風が
胸をふきぬけて、扉が閉まらない
拭えない泥の母語
不思議なんだ　脈動のなか　黙っていても
だれかの声がしてくる　こんな意味のないことを
ほんとうに宛てもなく
口にすることができる
生まれたことに、息はいま驚いているようだ

おとずれ

ぼくはきょう
口をあけ
うがいをしながら
ふきこんでくる葉っぱまじりの雨も
崖のように暗い宇宙も
すっかり忘れて
驚いている

そこを通った荒れもようの八月を背に
ただここにいる

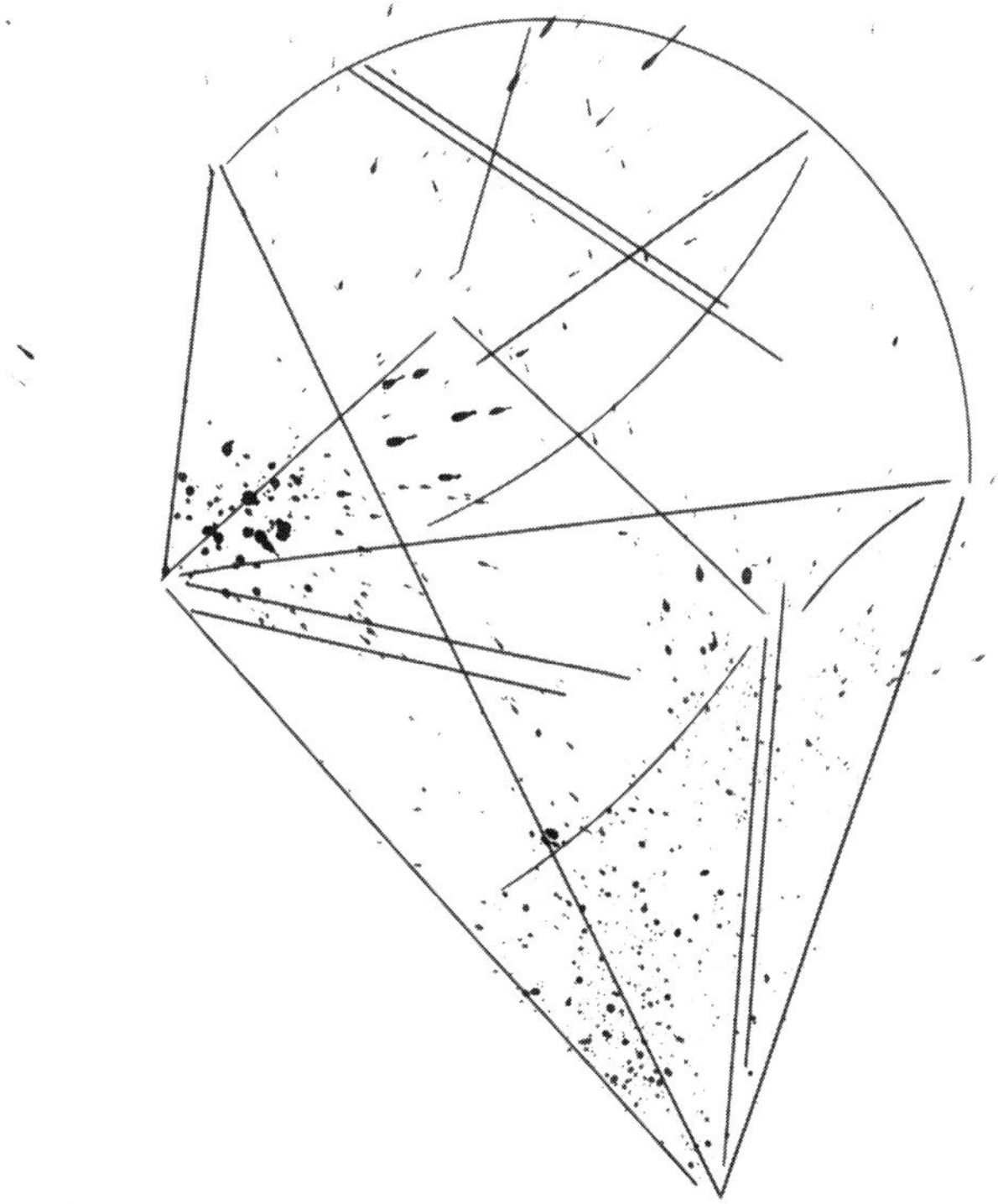

全ての音がここで聞こえる

動景
と口にする　未来のかたわら
ねてもさめても
夢の高さを記音して
一字一字を通してことづてする
すこしちがってしまうのを覚悟しながら
ぼくらには他に手がないから

車体のへこみ　ひかりのほつれ
だれなのだろうと問うより早くぼくはいて
うれしくて、そして
しばらくずっとぼくらは　この地上にいるから
行方不明の宛名へ　冷たいポストしたしきに走り書《カ》きする
ちがうところへ　かけはなれたところ
　　　　　　　　あるはずのないところ

言葉の訪れがはやすぎて　発しながら
ついていけなくて　茫然とふうけいにホッチキスする
　　　　　　　　――――ぼくら
　　　　　　　　　　　ら　という響き

そら
という響き

遊歩道　あるいは　失点。
星が死ぬとき
と口にするやいなや
予感という火打チ石が　まだポケットにあった
かがやきが残る言葉
まだ熱くてどんな形にもなる
ファンタズマ、意味の爆心地
鋪道のコンクリートをもちあげる木
大きく布《ノート》が揺らいで

すべてが自然におこり　すごい
決壊　決壊だらけじゃないか
言葉は、手前の言葉から　もう自由になって
うちなる暗室ヶ丘にひらひらする

夢アメーバ　　解体工事
ねてもさめても
アスファルトで消す
火
、
（り）

聴こえてた
片脚のコオロギをつまむ
かぼそい弱音をひろいあつめ
街区すべてが鳴っている　とおい朝のほうから
一滴のダム、一音のダム
いたるところに
せかいがうつりこむ　ひとときのダム
ぼく　この、40ℓばかりの
　　　　　　ふるえのダム
うまれたての原石をはこび
とりおとす　おののきや驚き

ぶんぼやぶんしをミルで挽き
　なにか　いいかけて目を閉じる
　　　　　　　　　　　　　　　　ぼくら

　　　　　　　　　ら　という響き　そら、
　　　　　　　という　響き

扇風機《ファン》のついたジャンパーの人　働きに来てる
海を渡って　　いい時間が空いていてほしい　　　　　なにか
よそゆきになれるような
それでいて車座になるような

そ　らから
　肩ごしに
そっと一葉の話しかけてくるような

　音もなく
音もなくさ　忘れられた　0のなかで

ねてもさめても　ふくらんでいく果実や

たかあいたかい　0のなかで

寝息をたてる赤ン坊――――

よそゆきたちよ　ふだんづかいの　おーあくびよ　ッハハ

カラコル湖、　湖面に木霊はたりているかい

レイク・タホ、　そちらはどう

ピンチヒッターよ　ゆうまぐれのヒッチハイカーよ

もうすぐ4時間じゃないか

傷のある空に浮かびあがる　ふしぎな模様

動景

と
口にする　未来のかたわら
黒い服の数人が車を見送るから
ここの家に　お葬式があったんだ
低い潮騒
意識のとおのく
夢見の浅瀬に雨があたり
　またひいて
　　ぼくはだれに話してるのか

もう少しも恥ずかしくない

遠吠えのやんだ
誤字のような、一瞬
絶筆のなみうちぎわにいて
　からっぽなのに　まだこんな
　　たましいのプレイグラウンドがあるなんて
　　　　ひびきをつつむ薄い布
かなしみがしみているうすい布のなか　声が
　破裂へふくらんでいる
木漏れ日という白熱の揺らぎを
　真っ白な　白線の上に　砕いた石で　書き記した

ほほまの丘

クジラの傷
　言葉の作り置きを飛び石にして
　遊歩する
あしたののはら

あたたかなダム、しずかなダム
　雨のひいていく
　余白のダム

飛び石にする、
空気の失点
、
火打チ、石
空白一行、って
言葉のない
真っ白な踏み切り板《バン》、

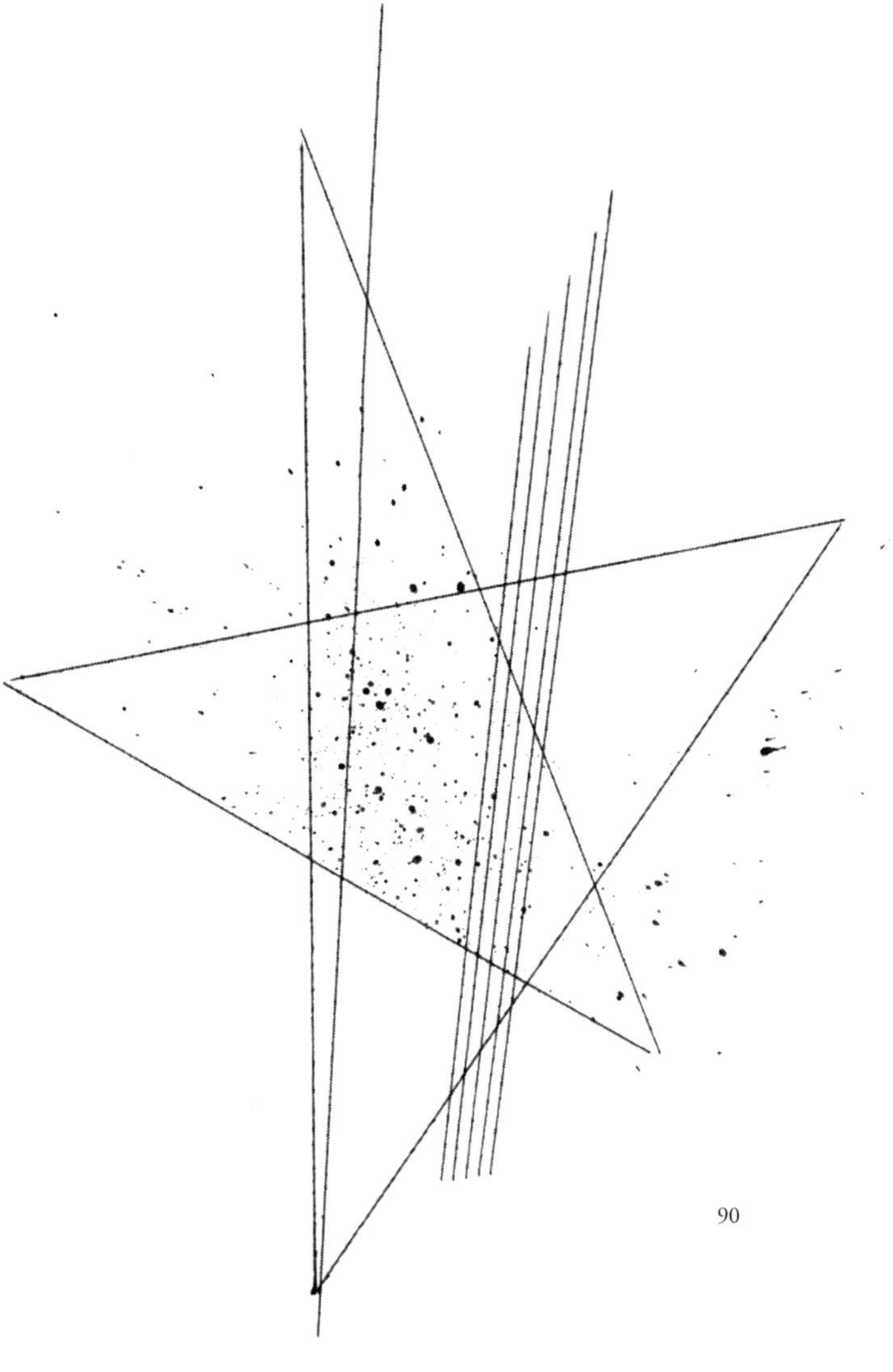

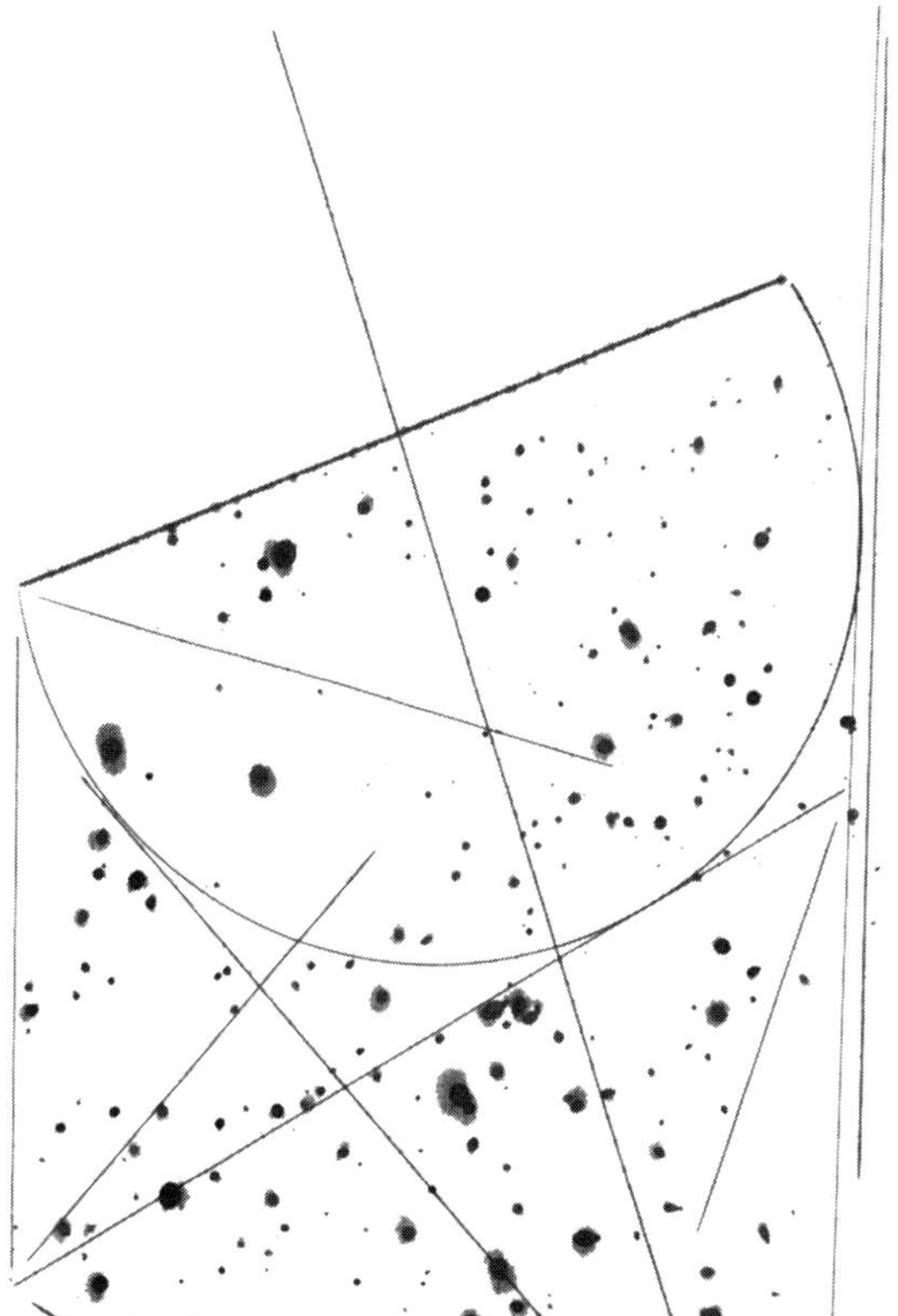

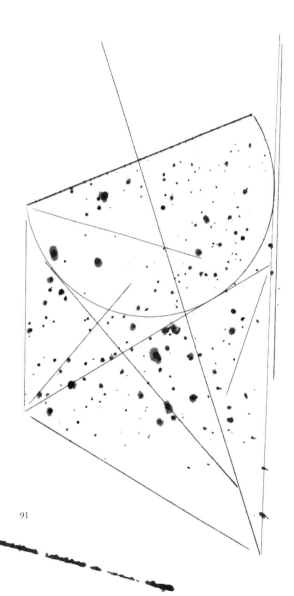

「もう宇宙と言わなくていい

すでにそこが

宇宙　そのものだから。」

「覚エテオク　オオキカッタ

ココノコト。」

薄紙を／隔て

もうとどきそうな

「あなたのいる、　　未来のこと、　」

草原紙をほそーくまるめて　のぞきこむ

句読点を打つ水音――――、　　キツネ？
　そばだてる耳
　そばだてる意味
意味《イミ》、　耳《ミミ》、　オオカミ、

素晴らしく

遊びは五本指に宿り
動く影をおとす
壁画のどうくつ　あるいは

はっし、きえ
水切り石が　湖面にいくつか置いていった
　　　　　　　　わっか
　　　　　響き
という最古の遊び
言葉を遊ぶ　とほうもなく　影絵をつくる
　　　　　　　　詩というポータブルライト

見知らぬ影をおとす
運命という引っかけ問題。
ねてもさめてもからっぽなのに　ぼくはだれに話してるのか
馬はうちがわから春になった

贈り物をおくる力。

〝彗口〟

走り書《カ》きする
未来のかたわら
みわたすと　ひどい詩句ばかりで
どんなお裾分けももういやになってしまった

冷蔵庫には　作り置きのチリコンカン
　　　　　ポーンサワン郡の型落ち冷蔵庫よ
　　　　　　　　　　唸るシベリアの冷凍庫よ

なかなかでてこない　暗がりたちの作り置き

「預金を急いで自動車にした、侵攻の翌日の
金曜、朝、」「悪魔《devil's》の散髪《haircut》」は、
「雪の日の配達みたいに
スリッピー。」「死者の大通りを
ひきかえし、」「不当な拘束は、
いつまでも、」
「アイスを溶かし立っていた――――。」

記憶の作り置きを飛び石にして
亡命する
あしたの Voodoo

まばたきするたび
いつのまにかそこらの角で
　　ニューオープンしている歴史

　　　　　　　めまいをミルで挽き
一口ふくみ、地面に振っている
底をつく魔法瓶

言葉はもう訪れないけれど
うわのそらへ　こうしてだれか　話してくれて
そらにかかる　　0-0-0-0.org　　はまだ圏外。

国の名は繰り返し呼ばれているのに　あなたの名はわからない。
もう少しいい耳だったら。
書き留める
いまここや　とおいどこか　未来のかたわら

老人の肩にしがみついて降りてくるから
　　　　　　　　――あの人は盲なんだ

走り書《カ》きする
夏がミシンしていった停滞前線
しゃべりすぎてね
古い水の気泡を数えている
網戸越しのそら
――ゆうまぐれ　南アのヒッチハイカーよ
もうすぐ4時間じゃないか

ほほえむレイク・タホ
湖面に凪
せきばらいする　余呉湖のほとり

土器があおぞらをつつみこみ
湖面に、風

そらは　たかく　いまはいまへ　ゆっくりいれかわり

言っとかなくちゃ　手遅れになるまえに
ここはすごかった
はにかむ地球の目の皺よ
テヘランのヒッチハイカーよ

湖面に　風――――

言葉がはなれて
ほそり通じず
こうしてこの詩行の古びるところ
そこでは交通整理の　人形が　一枚突っ立って　いつまでも
大きく手を振っている

すごいそら　いつかのそら――

うつむいているんだ　もうずいぶん前から。
スマホもみずに肘をついて。　下北沢、突然あおぞら
のあいた線路跡、濡れた縁石にしゃがみこみ
なにをぼくはまってるのか

低い潮騒

「によりますと、　未明　」
――とおいところ

「人命を守る行動
を　してください――　」

「これまでに経験したことが
ないような――　」

スゴイソラ　コノイツモ　ノ　ソラ――――

消港のかたわら
　と口にする
失点と口にする　かたいカリンと口にする
　ころがってゆくと口にする
　　ころがってゆくこころ、と口にする
　　　ボンネットに凹んだ一箇所、
かたいカリンがつくった凹みや　あした
　落ちるかしれない軽み　ここになくとも
　　あるかなき凹みを置き　消失する響き

〝こころ〟
――――どうしてひらがなで書くのだろう

〝ここ〟

一音欠けたかたい響きのおく
おそらく滲むような
消えゆくとびらがあって
ひとりのこどもとじっと目があう
（ボク、死にたくない――――）
と　生まれてもうなんど耳にしたことか

どうかその想いが薄まっていきますように
ふるえるこの詩行とともに　古び　力を失い
風にさらわれますように

そらにさわる　かすれた放課後のトランペット

（ソ）

（　）

――空気の滝

あるいは　失点、

瞼のダム　こぼれる吐息

　　　　溺れるひとは、しずかだ――――

ハーシュ（ハーシュ）

　　　　ノイズ――――

絶えずとどく弱音のなか
走り書《カ》きする、　この薄紙や、　わたしという印画紙に
宇宙の果てよりひとときのふるえ
が感光する
しみるすりきず
顔のない
あなたという原風景

シワくちゃに神話をまるめ、
　　軽すぎるそれを
とどかない　あなたという未来へ

ほーる

ぼくはまだずっとロンTに頭をくぐらせながら
こびりついた失点を
袖でゴシゴシぬぐおうとしている
あなたの名はわからない

とおいところ――――

耳というものがぼくについていたらそれを聞き取ることが
できるのにと思うと、ぼくには耳がついていた。
ぼくの靴は怒っている。ぼくは祈っている。
運命という言葉をハンガーにかけて　そのあとぼくは家をでた

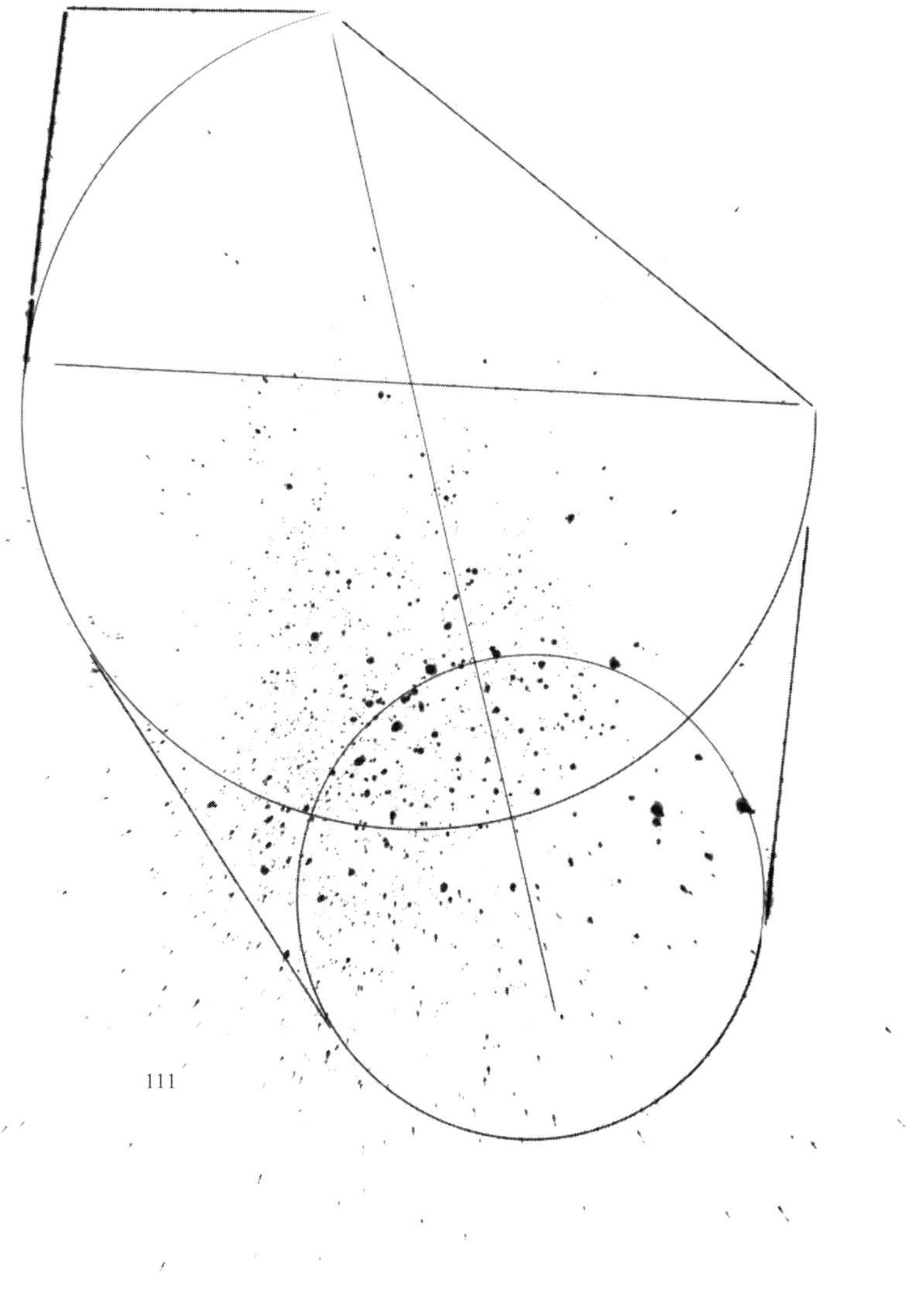

鳴動

浮き上がるネコ
って感じ　感じだった
すばらしいことば
鏡をなぞり　ほっとして
熱いお湯を頭皮にあて
目をあけたら白く消えてしまった

どうしても思い出せないことってあるでしょう
とるにたらない息がともり
そのつど、消える
大気の底を
たがいにかたわらをつくりながらあるいた
夜の石切場とかではなくて
ふだんの２４６
――めちゃすごいはだかのことば
首都高速が空にある
ここでさえ
感知できないことばかりで
とほうもない

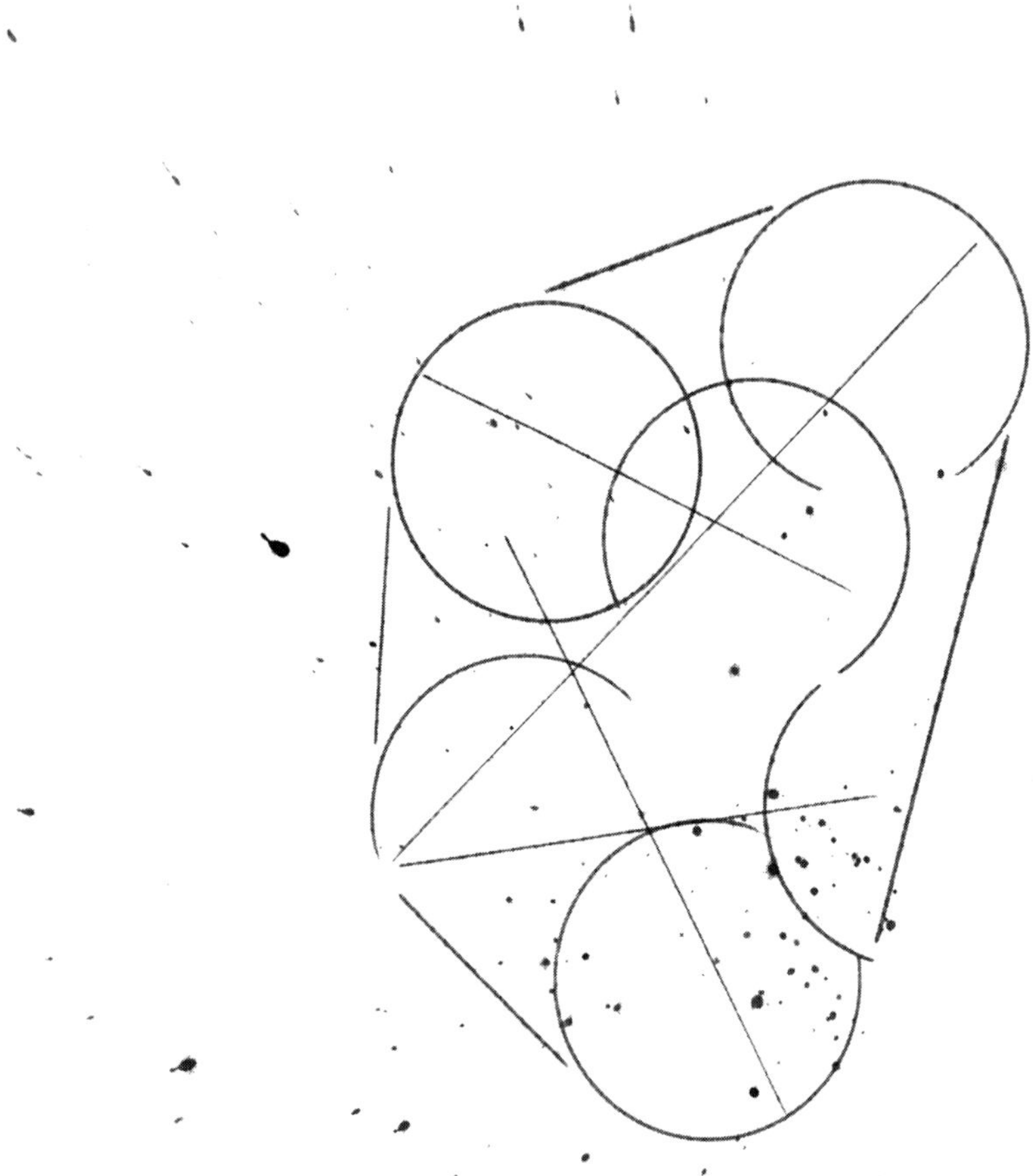

あのさ、思い出せないことばと
ちびた石鹸では
どっちがおおきいだろう
かわりに
きみはそんなことを書いた
届かない一枚の手紙を
光年先へ

それから
毛玉まみれの一日を
脱ごうとしたのか　なぜだか前を向き

普段着のまま湯舟に直接浸かって
もう後悔している
おおわらいしておどけてる
かぎりなくちいさい石鹸のように
なにかがぼくらから
なかなかなくならない

はだかのことば
はだかのことばなんてあるのかな　きみはもう一度考えながら
コップをゆすぐ　はるかな星雲に
泡がすべる
いま、なにかいま　きこえない

かすかな産声
ありのあるくおと

音楽

音は通らないけど
なぜかよく聞こえる
おっかなびっくり、かたわらを
通過する彗星
知らせようとする
口の動きはしずか
暮らしを固定していた十二の数字も

長針も短針も
どこかへ飛び去ってしまって

ゆるやかに頭上を回っていく足さきのむこう
色とりどりの球体が
大小さかさまになって

なんて
想像にはいつも限りがあるけど
ともかくどこにいるんだい
死にさらわれたひとを思うと
とおいどこかにさらわれそうな気持ちも

いまはなくて
はじまりの森はずれに
飛来した生命の一針が
あかるいオオハシのクチバシになって
指しているほうへあるいていく
ざわめいている
地上のこのおおきな偶然のほうへ

そこからは
音は通らないけど
この世に座ってぼんやり聞いてた音が
なぜかよく聞こえる

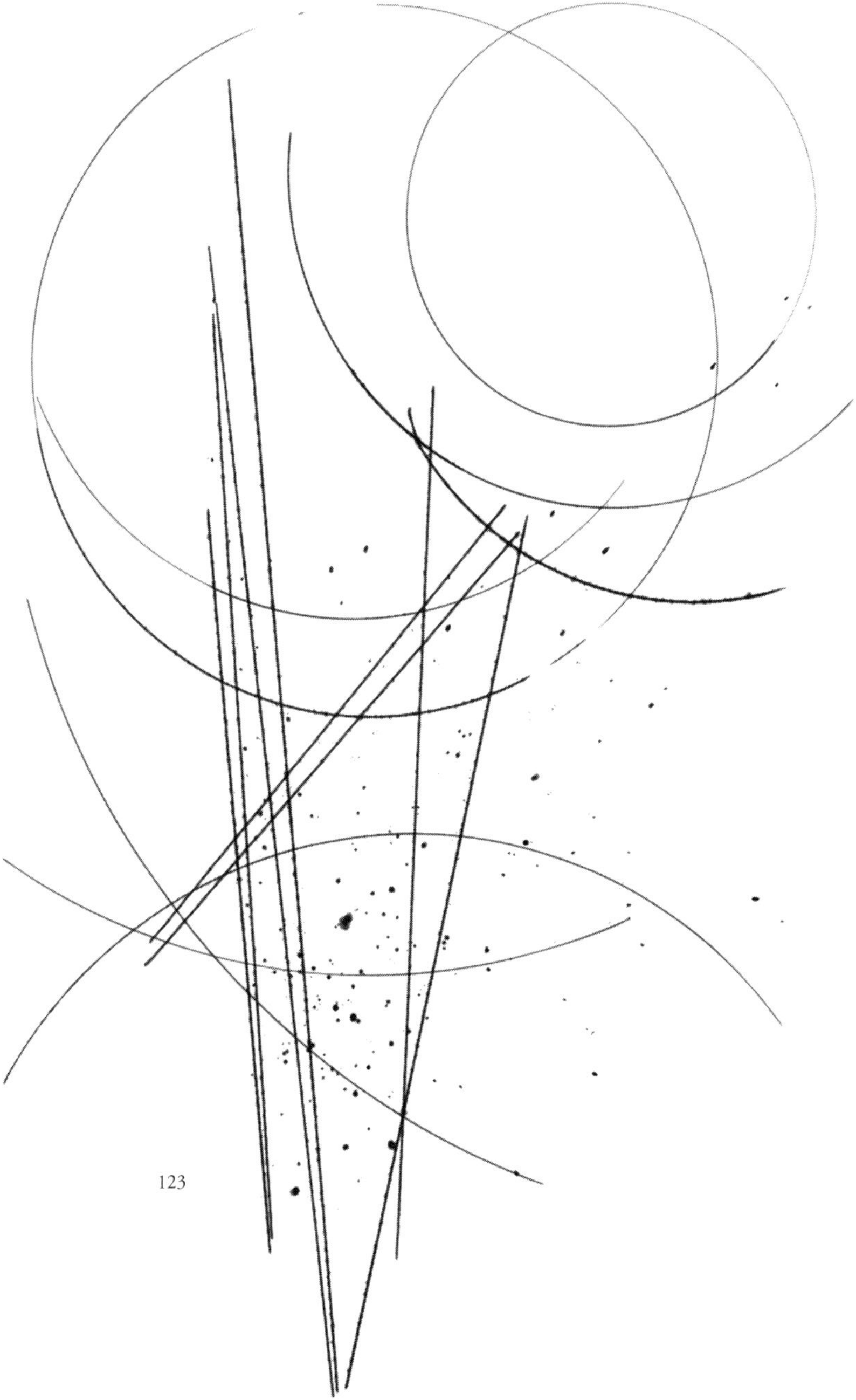

あとがき

ノックがあった。おおきすぎることがおきる。世界に、ちいさすぎることがおきる。ぼくはまだ目をこすっている。

二〇二〇年に、十年ぶりに東京へもどってきた。パンデミックがおこり、東京オリンピックが延期になった年。それから二〇二三年の終わりまでの時間が、この詩集には記録されている。世界に騒乱がつづく。時代のむかい風を額にうけて、目は細まり、ぼくの視野は狭まる。それでも詩を書く以外ぼくにはなかった。

悩みながら言葉を絞りだす。けれど自分の記した言葉でさえ、他者の言葉として訪ねてくる。その驚きから、本作のタイトルはうまれた。ノックがあった。この言葉は、どの詩のなかにも登場しない。はじめから詩集の名として考えてあったものだ。ぼくは、まだかたちにならないこの詩集を胸にかかえ、自身の言葉のドアのむこうから、問いかけをずっと感じていた。詩人とはなにかと。身勝手な表題かもしれない。このノックは、ぼくだけにきこえた音だから。ただそれでもなお言葉というふしぎには、ひとひとりの生きた時間をはるかに超える力がある。

詩はすごいのだ。このところぼくは、だれともなく言いたくなった。詩を知って、遠回りしながら、人間という動物のとほうもない営みにようやく気づいたから。言葉とともにうまれた沈黙に耳をすます。あらゆる場所、あらゆる時代に、詩はひとのそばにあった。

河出書房新社の尾形龍太郎さんのおかげで、こうして詩集がだせることになった。詩集の内側を含めたデザインを服部一成さんに、帯文を高橋源一郎さんにお願いし、引き受けていただいた。ふかく感謝している。

あとがきとして書いたこれらの言葉も、目を離してもどってくると、見知らぬ顔になった。ほんとにコーヒーのふくらむわずかな間だ。ノックがあった。ふたたびノックがあった。

岡本啓

岡本啓（おかもと・けい）
一九八三年生まれ。二十代後半になって詩にふれ、書きはじめる。アメリカ滞在時の詩をまとめた第一詩集『グラフィティ』で二〇一五年の中原中也賞、H氏賞受賞。一七年、旅についての第二詩集『絶景ノート』で萩原朔太郎賞受賞。二〇年、活動の拠点があった京都、奈良の古層にふれる第三詩集『ざわめきのなかわらいころげよ』を上梓。海外での詩祭にも活躍の場をひろげ、二四年の秋には、最も歴史の長い文学レジデンシーのあるアイオワへ、十一週間の国際創作プログラムに招待され、新たな世代の詩人として注目されている。

ノックがあった

二〇二四年一一月二〇日　初版印刷
二〇二四年一一月三〇日　初版発行

著　者　岡本啓
発行者　小野寺優
発行所　株式会社河出書房新社
〒一六二-八五四四
東京都新宿区東五軒町二-一三
電話　〇三-三四〇四-一二〇一［営業］
〇三-三四〇四-八六一一［編集］
https://www.kawade.co.jp/

印　刷　株式会社亨有堂印刷所
製　本　大口製本印刷株式会社

ISBN978-4-309-03923-7
Printed in Japan

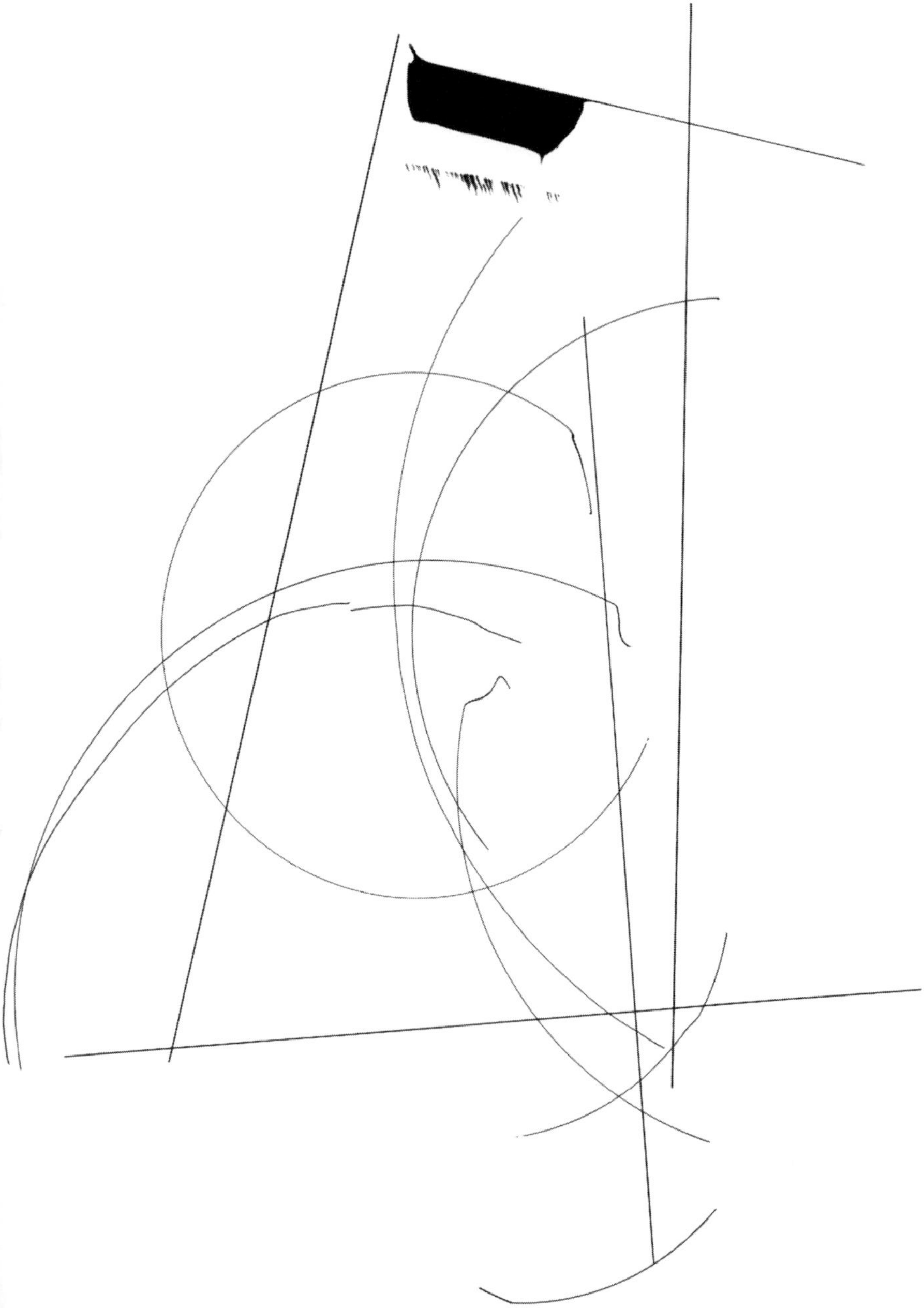